感謝我的弟弟，沒有他，就無法完成這本書

—— 怡彣

感謝我的姐姐，沒有她，這本書就無法完成

—— 奕彰

繪讀
河馬屁聲大

文　字	潘怡彣
繪　圖	潘奕彰

發 行 人	劉振強
出 版 者	三民書局股份有限公司
地　址	臺北市復興北路 386 號 (復北門市)
	臺北市重慶南路一段 61 號 (重南門市)
電　話	(02)25006600
網　址	三民網路書店 https://www.sanmin.com.tw

出版日期	初版一刷 2019 年 6 月
	初版二刷 2021 年 1 月
書籍編號	S858281
I S B N	978-957-14-6659-0

潘怡彣／文　　　　潘奕彰／圖

三民書局

在一個小鎮裡，
有一隻愛放屁的河馬。

河馬一不小心，
就會製造大——麻——煩。

他經過松鼠的家，因為放屁太大聲，
「噗……噗噗！」把門給吹到樹上了。
「走開！」松鼠生氣的說。

到圖書館看書，
「噗……噗噗！」放了一串屁，
把大家的桌子震得東倒西歪。
他覺得真是丟臉極了。

一不小心，
還把睡午覺的動物們都吵醒了！
「走開！」
大家都生氣的對他大喊。

有一天，
獅子鎮長邀請大家
參加他的生日派對。

「噗！」
突然好大的一個屁，
把蛋糕都吹垮了！

獅子鎮長滿臉都是奶油。

獅子鎮長好生氣，
要把河馬趕出去。

「有你在的地方就有大麻煩！」

河馬好難過，孤獨的往森林走。

遠方傳來叮叮咚咚的聲音，
河馬偷偷走了過去。
一個不小心，他又放屁了：
「噗……噗噗！」
這時所有聲音都停了下來。

河馬走近一看，
原來是動物們在演奏音樂！

犀牛吹笛子：「嘟嚕嚕嚕——」
猴子敲鈸：「鏘鏘鏘！」
兔子拉小提琴：「伊伊——喔喔——伊——」
天竺鼠打鼓：「咚咚咚！」
鷺鷥演奏手風琴：「嗡嗡嗡！」
大象搖沙鈴：「喊喊！喊！」

河馬聽到音樂，忍不住跟著節奏搖擺起來，
「噗⋯⋯噗噗！」「噗⋯⋯噗噗！」
「嘟嚕嚕嚕──」「咚咚咚！」

他們演出了一首完美的音樂。

河馬和樂隊天天快樂的演奏音樂，
讓森林裡充滿歡樂。

聲名遠播的他們，
有一天，被邀請到小鎮上表演啦！

往小鎮的路上，他們聽到有個聲音在喊：「救命啊！」
原來，獅子鎮長掉到陷阱裡去了！
不管大家用什麼辦法，還是救不出鎮長。

「我來試試看吧！」

為了救出獅子鎮長，
河馬勇敢的往裡面一跳！

好不容易到了洞穴底部，
獅子鎮長看到他卻說：
「麻煩精！你只會放屁，怎麼救我出去啊？
我真倒楣，跟你困在這個小地方，
還得聞你的屁！」

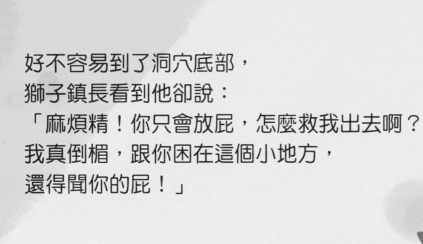

河馬說：「鎮長你放心，
我的屁只會響，不會臭的。
抓緊我了！」

說完，河馬突然用力起來，
臉都漲紅了！

「噗……噗噗！」
下一秒，河馬飛上天空，成功的救出鎮長。
動物們都歡呼起來。

晚上，樂隊的表演即將開始前，
河馬卻有點害怕，怕大家還是一樣討厭他。

大象安慰他：「不要緊張，
要對自己有信心，拿出勇氣吧！」

河馬鼓起勇氣，偷偷看了一下觀眾席。

大家都來了，都來看河馬表演了呢！

河馬和其他樂手在舞臺上，
把最好的音樂演奏給大家聽。

觀眾熱烈的鼓掌，
大聲喊著：「安可！安可！」
每個動物都扭腰擺臀，
隨著音樂盡情跳舞。

表演完畢，獅子鎮長走上臺，
給了河馬一個大大的擁抱。

「謝謝河馬和樂隊帶給大家美好的夜晚！」

這是河馬最快樂的一天。
對了，忘了告訴你一個小祕密……

剛才有個觀眾太高興了，
不小心也放了一個屁。

作者的話

　　我從小聽樂團長大，喜歡藉由各式音樂風格、旋律與歌詞，替我詮釋當下的心情。從事特教工作十多年，經歷由北到南、都市與偏鄉，種種不同教學環境的洗禮，讓我對於不同背景的孩子，多了一層深刻的理解。

　　期待將來能透過音樂、圖像與文字的混搭與激盪，驅動孩子對世界的好奇心，找出與孩子心靈交會的可能。

繪者的話

　　小時候，我是個上課總愛畫課本的孩子，成績並不特別好。

　　長大後，我發現我可以用畫畫帶給大家快樂，於是想到：不如自己來創作繪本吧！這本《河馬屁聲大》就這麼誕生了，也希望我創作的繪本可以一直帶給讀者快樂。

　　給讀這本書的小朋友：對自己要有自信喔！相信自己一定有某樣比別人更加出色的才能，找到它，並且把它發揚光大吧！